KB236616

반짝이는 보석들

할아버지의 육아일기

반짝이는 보석들

2024년 4월 5일 제 1판 인쇄 발행

지 은 이 | 박영원
펴 낸 이 | 박종래
펴 낸 곳 | 도서출판 명성서림

등록번호 | 301-2014-013
주   소 | 04625 서울시 중구 필동로 6(2층·3층)
대표전화 | 02)2277-2800
팩   스 | 02)2277-8945
이 메 일 | ms8944@chol.com

값 10,000원
ISBN 979-11-93543-66-5

할아버지의 육아일기

반짝이는 보석들

박 영 원 동시집

도서출판 명성서림

여기에 담은 글들은 우리 가정의 반짝이는 보석, 손주들의 이야기입니다.

동시童詩 분야에 등단도 하지 않은 주제에, 그동안 손주들이 태어나 성장하는 과정을 돌보며 쓴 글들입니다.

제1부는 육아일기 형식의 글들이고, 2부부터는 그들이 성장하면서 나와 대화했던 내용들을 소재로 한 동시들입니다.

지금도 내 가슴에 온기로 남아계신 70여 년 전 나의 할아버지를 회상하며, 훗날 나는 우리 손주들의 기억 속에 어떤 존재가 될까? 무지개 같은 상상의 나래를 이 책에 담았습니다.

혹여나, 할아버지 할머니의 보살핌을 받았거나 그러한 상황에 있는 어린이들과, 지난날 손주들을 돌보셨거나 현재 돌보시는 분들의 마음에 작은 공감의 울림이라도 되었으면 하는 기대를 해 봅니다.

2024. 4월에

이 책을 읽으시는 모든 분들께 '큰절' 올립니다.
"고맙습니다"

1

할아버지의 육아일기

12 / 배냇짓

13 / 옹알이

14 / 수수께끼

15 / 우주를 품다

16 / 배밀이

17 / 요가 선수

18 / 모두가 신비다

19 / 신동神童

20 / 요리사

21 / 시인 탄생·1

22 / 하부지

24 / 아영

26 / 여장부女丈夫

27 / 애교둥이·1

28 / 애교둥이·2

30 / 시인 탄생·2

31 / 시인 탄생·3

33 / 그냥

34 / 탤런트

35 / 선생님

36 / '최고'비행기

아기와 나비 / 40

눈웃음 / 41

꿈을 그려요 / 42

구름 / 43

구름을 탄다 / 44

콩나물 꿈 / 46

첫나들이 / 48

봄나들이 / 50

봄맞이 / 52

꿈동산에선 / 54

다짐 / 55

숨바꼭질·1 / 56

소망所望·1 / 57

2

꿈을 그려요

3

참 궁금해요

60 / 참 궁금해요

62 / 강아지

63 / 사랑이 뭐예요?

64 / 신기한 엄마

65 / 동생과 엄마

66 / 색깔

67 / 마술쟁이, 요술쟁이

68 / 마술쟁이

69 / 진짜 거짓말은?

70 / 요술쟁이

71 / 비행기는 어떻게 날까?

72 / 샘

73 / 누굴 닮았을까?

74 / 숨바꼭질·2

76 / 창피하고 슬프다

78 / 남산에 오르면

4 봄과 나비와 나

별·1 / 82

별·2 / 83

별·3 / 84

봄과 나비와 나 / 85

눈 꽈리 / 86

자명종自鳴鐘 / 88

시계 / 89

친구 / 90

포도송이 / 91

5 수영선수

수영선수 / 94

오리·1 / 96

오리·2 / 97

개미 / 98

개미야 부럽다 / 100

참새야 / 102

참새 / 103

매미의 소망 / 104

매미와 귀뚜라미 / 105

책을 닫으며 / 106

1

할아버지의 육아일기

배냇짓 – 육아일기·1

사연 모를 유혹!

젖살 오른 손녀가
배냇짓을 한다,
싱글벙글 생긋 방긋
꿈나라에서.

방그레 빙그레
천사의 미소에
나의 심장도
퐁당퐁당 웃는다.

옹알이 – 육아일기·2

세상에, 바로
이런 것이 신비로구나!

방글방글 싱글벙글
웃음만 보여주던 손녀가
드디어 옹알이를 시작했다.

"음~음매, 엄~음마…"

무슨 말인지는 모르겠지만,
때로는 배시시 웃다가
덩실덩실 춤추듯
팔다리까지 놀린다, 분명
천사의 담소談笑일 게다.

하루가 다르게
신비를 창출創出하는 손녀,
그는 온 가족의 샛별이다.

수수께끼 - 육아일기·3

오늘은 우리 '샛별'이가
긴 이야기를 시작했다.

그동안 한두 마디씩 하던 옹알이,
오늘은 사연이 무척 많다.
'때가 되어 배가 고프다는 것인지?
피곤하여 잠을 청하는 투정인지?
아니면, 안아달라는 것인지?'
가끔 손발까지 흔들며 홍얼댄다.

옹알이의 뜻은 전혀 모르겠지만,
신비감에 도취한 나의 얼굴엔
소리 없는 함박웃음만 만발한다.

'샛별'이의 옹알이와 함박웃음,
나에게는 모두 수수께끼이다.

우주를 품다 - 육아일기·4

와! 오늘은
만세 삼창의 날이다!
나의 손녀 '혜인'이가
처음 지구를 안았다.
109일 만이다.

몹시 힘들어했지만,
한~번! 두~번!! 세~번!!!
안간힘을 총동원하여
지구를 품을 때마다
내 가슴은 활화산처럼
벅찬 희열이 용솟음쳤다.

'영차!~어영차!'
응원의 힘이었나?
오늘은 가슴 벅찬
'만만세'의 날이다.

배밀이 – 육아일기·5

샛별아! 한 달 전엔
지구를 품에 안더니
오늘은 드디어
그 위를 유영하는구나,
싱그러운 5월 첫날에.

젖 먹은 힘을 다하여
엉덩이를 들썩이며
앞을 향해 전진, 또 전진.
비록 3~5cm 정도이지만,
어찌 그리 대견한지!

샛별아!
네가 우주를 향해
첫걸음을 내디딘
오늘을 기억해 두마.

기특하고 장하다,
우리 샛별 '혜인'아!

요가 선수 – 육아일기·6

'샛별'이는 요가 선수다!

반듯이 누워
허리 들어올리기,
좌우로 뒤집기와
팔다리 상하로 흔들기,

좌우로 누워가며
허리 뒤로 젖히기,
두 다리 번쩍 들고
좌우로 흔들기,

배 깔고 엎드려
좌우로 돌기와
배밀이에 발장구치기,
고개 들어 돌리기와
상체 들어올리기,…

우리 '샛별'이는
온 가족을 대표하는
으뜸 요가 선수다.

모두가 신비다 — 육아일기·7

우리 '샛별'이는 신비덩이다.

맘마 먹고 트림하며
방긋대는 미소도 신비롭지만,
향기로운 멜로디 울리며
응가하는 표정은 환상적이다.

응가 후 찝찝하면 보채다가도
기저귀를 갈아주면
천연덕스레 짓는 미소와
기지개 켜는 그 시원한 모습,

마음 내키지 않으면 짜증 내고,
자그마한 소리에도 토끼처럼
귀 세우는 초롱초롱한 눈동자,

모든 색깔과 사물을 응시하는
흩어짐 없는 부동의 집중력,
목욕시킬 때 온몸을 흔들며
팔다리로 물장구치는 모습…

모두, 모두가 신비롭고
티 없는 천상의 몸짓이다.

신동神童 – 육아일기·8

태어난 지
반 살도 안 된 손녀가
"손 주세요!" 하니
손을 내민다.

아니, 벌써
'손 주세요' 뜻을
아는가 보다.

대단한 천재다.
가문의 신동이다.

요리사 - 육아일기·9

우리 손녀는 유명한 요리사입니다.
장난감 주방 놀이기구를 가지고
수시로 각종 요리를 잘 만듭니다.

한 번 요리를 시작했다 하면,
"할아버지, 김치찌개 만들었어요. 먹어보세요."
"할아버지, 이건 된장찌갠데 먹어보세요."
"할아버지, 이건 불고기예요. 먹어보세요."

유치원생 우리 손녀가 요리하는 날은
늘 포식하는 날입니다.

시인 탄생·1 - 육아일기·10

어린이집에서 어린 손녀를 데리고 나와
이런저런 이야기를 나누며 귀가하는데,
유모차에 타고 있던 손녀가 갑자기
"할아버지 여기 내려주세요."
"왜, 유모차가 불편해?"
"아니요, 은행잎이 예뻐요."

유모차에서 내린 손녀는 노란 은행잎을 주위 들고,
"할아버지, 이게 가을이에요. 잎이 참 예뻐요."
"누가 그래, 이런 게 가을이라고?"
"선생님이요. 가을엔 나뭇잎이 이렇게 예쁘게 물든
대요.
그래서 걷고 싶어요."
"그래, 참 예쁘구나! 할아버지와 함께 걸을까?."
"네!"

손녀와 함께 황금빛 단풍길을 걷는
나의 마음은 풍선처럼 하늘을 날았다,
우리 가문에 위대한 시인이 탄생한 기쁨에.

하부지 - 육아일기·11

아침마다 큰손녀 유치원 등원 때문에 아들 집에
가면
돌이 갓 지난 둘째 손녀 '혜원'이가 제일 먼저 반
긴다.
고희가 넘고 나니 다섯 살 터울 큰손녀 때보다 힘
에 겹지만,
어찌나 예쁘고 귀여운지 번쩍 들어 안고 등을 토
닥여 주면
손녀도 내 목을 감싸 안으며 내 등을 토닥인다.
나의 행위가 저를 예뻐함인지 어찌 알고 따라 하
는지?
그럴 때마다 내 가슴은 찡하게 콩닥거린다.

그러기로 잠시 머뭇거리고 있다가 보면,
손으로 현관을 가리키며 양다리를 흔든다.
밖으로 나가달라는 신호다.
내가 수시로 안고 밖에 나가 거닐어 주었더니,
바깥 맛이 제대로 들었나 보다.

오늘도 현관에 들어서는 순간 나를 확인하더니,
무척이나 반가워하며 펭귄처럼 달려와
아주 낭랑한 목소리로
"하~부지~!"하며 내 목을 끌어안는다.
어느덧 '하부지'라는 말문이 트였다.

큰손녀 때도 새로운 말을 할 때마다
심장이 멎을 것처럼 신기하고 귀엽더니,
이젠 둘째 손녀의 일취월장이
내 가슴을 더 뛰게 하는 것 같다.

그렇다! 이것이 내리사랑인가 보다.

아영* – 육아일기·12

2014년 7월 30일,
며칠 만에
첫돌 지난 둘째 손녀를 만났더니,
"아영, 아영…"
서너 차례 고개를 꾸벅이며
옹알이 인사를 한다.

내가 허리를 굽혀가며
"안녕, 안녕, 우리 귀염둥이!"
하며 두 팔을 벌렸더니,
덥석 안기며
계속 옹알이를 건넨다.

그의 표정을 헤아려 응수해 주니,
덩달아 신이 난 듯, 스스로
'도리도리 짝짜꿍 잼잼'을 해 보이며
까르르까르르 웃는다.

만날 때마다 새록새록 늘어나는
손녀의 재롱과 함께하다 보면
늘 행복에 겨운 하루해가 짧다.

* 아영 : '안녕'을 어린 손녀가 그렇게 발음했다.

여장부 女丈夫 - 육아일기·13

우리 가문에 여장부가 태어났다.
아직 두 살도 안 된 녀석이
놀이를 하다가 만족스러울 땐
주변을 두리번대며 보라는 듯,
상체를 뒤로 젖히고
배를 두드리며 통쾌하게 웃는다.

그 모습이 귀여워 박수를 보내면
더욱 신이 나서 놀이를 하는데,
그 행위가 꼭 사내아이와 같다.
장부의 기질을 타고난 모양이다.

그래, 우리 손녀 '혜원'아!
건강하게 자라서 여장부가 되어
이 세상을 호령해 보아라.
할아버지는 반드시
네가 그리되리라 믿는다.

우리 손녀 '혜원'이, 파이팅!

애교둥이 · 1 – 육아일기 · 14

둘째 손녀는 '애교둥이'다.

평상시에는
'할아버지'라고 부르다가도,
나의 마음을 유혹할 땐
'하다브지~'하며
말꼬리를 높이거나,
길게 뽑으며 품에 안긴다.
함께 놀아달라는 신호다.

그런 날은 꼼짝없이
그의 친구가 되어
소꿉놀이하느라
시간 가는 줄 모른다.

즐겁고 행복한
하루가 된다.

애교둥이·2 - 육아일기·15

둘째 손녀는
항상 애교가 넘친다.

유치원 다닐 때까지만 해도
"할아버지~"하며
넘어질 듯 뛰어와 안기고,
헤어질 때는
눈물 글썽이던 첫째 손녀는
초등학교에 입학하면서부터
애교가 서서히 사라졌는데,

둘째 손녀는
초등학교 고학년인데도
언제, 어디에서 만나든
"할아버지!"하고
큰 소리로 부르며
달려와 품에 안긴다.

그리고는,
내가 팔을 풀기 전까지는
꼼짝하지 않고 안겨서
이런저런 이야기를 건넨다.

어렸을 적부터
안기던 습관일까?
막둥이의 어리광일까?
나에 대한 믿음일까?

아무튼, 때마다
가슴 찡하게 고맙기만 하다.

시인 탄생·2 – 육아일기·16

어느 날, 우연히
초등학교 3학년 둘째 손녀와
이야기를 나누다가
그의 휴대전화에서
위대한 시 한 편을 발견했다.

"멋진 우리 아빠,
세상에서 가장 이쁜 엄마,
나의 이쁘고 하나밖에 없는 언니,
아름다우신 우리 할머니,
재밌으신 우리 외할머니,
친절하신 우리 할아버지."

가족들에 대한
단순 호칭이 아니라,
수식을 가미한 전화번호부다.
티 한 점 없는, 수정같이
해맑은 절창絶唱이다!

시인 탄생·3 – 육아일기·17

"할아버지, 키아라*가 물국수 먹어요."

쌍둥이 남매가 오순도순 놀기에
TV에 정신 팔린 나에게 갑자기
세 살짜리 외손자가 말을 건넨다.
난데없는 말이지만, 순간적으로
외손녀를 바라보니,
감기로 인해 줄줄 흐르는
콧물이 입과 연결되어 있었다.

급히 휴지로 콧물을 닦아주며,
외손자에게 물었다.
"아론*아,
네 눈에 콧물이 물국수처럼 보였니?"
하고 물었더니,
그는 싱긋이 웃음 띤 얼굴로
나를 쳐다보며 천연스레
"네~!"하고 대답한다.

순간, 나의 머릿속엔
미래의 위대한 시인을 발견한
기쁨이 가슴속 가득히 콩닥콩닥
몽글몽글 무지개로 피어올랐다.
티 없이 해맑은 손자의 상상력에.

* '아론'·'키아라' : 2란성 쌍둥이 외손자와 손녀의 이름임.

그냥 – 육아일기·18

어느 날 외손자에게 물었다.

"너는 장차 무엇이 되고 싶니?"
"의사요."
서슴없이 대답한다.
"무슨 의사?"
"정신과 의사요."
"몸을 치료하는 외과, 내과도 있는데,
왜 정신과 의사야?"
"그냥이요."

탐욕을 모르는 '그냥',
그 한마디가 몹시 고마워
품에 안고 토닥여 주었더니,
외손자도 나를 바라보며
빙긋이 웃는다.

탤런트 – 육아일기·19

나의 외손녀는
뛰어난 연기자다.
3살짜리치고는
명배우 뺨칠 정도다.

야단맞거나 짜증 날 땐
소나기 같은 눈물
펑펑 쏟다가도
금시 기분을 바꾸며
까르르까르르 웃는다.

애교 또한 만점이다.
엄마 아빠가
화난 시늉을 하면
그 품에 안겨
다양한 애교로
온 가족을 웃게 한다.

명연기자다.

선생님 – 육아일기·20

나의 외손녀는
디자인 그림에 명수다.

나름대로 재미있게 놀다가도
무시로 스케치 노트에
디자인 그림을 그려낸다.
옷, 자동차, 장난감… 등
소재와 모양도 다양하다.
하도 신기하고 기특하여
"나중에 커서 디자이너 될래?"
대답이 없다.
그래서 다시 물었다.
"싫은가 보네?
음~, 그러면 무엇이 되고 싶어?"
"선생님이요."

멋쟁이, 우리 외손녀의
소박한 꿈에 박수를 보내니,
손녀도 싱긋이 미소를 지었다.

‘최고’ 비행기 – 육아일기·21

우리 할아버지는
나와 동생을 보실 때마다
"최고! 최고!" 하신다.

우리가 음식을 맛있게 먹어도
"최고! 최고!" 하시고,
응가를 잘해도 "최고, 최고"
엄지손가락을 세우신다.

때때로 TV에서 노래가 나와
동생과 엉덩이춤을 추면,
할아버지는 함박웃음으로
박수 장단을 치시며
어깨춤 으쓱으쓱
"최고! 최고!" 하신다.

오늘도 할아버지의
‘최고 비행기’를 타며
즐겁고 신나는 하루였다.

2

꿈을 그려요

아기와 나비

따스한 봄날이었어요.
엄마 손잡고 아장아장
봄나들이 나온 아기가
노랑 민들레꽃 위에 앉아있는
나비 두 마리를 보았어요.

아기가 신비한 듯 다가가
손을 내미니까, 반가운 듯
나비들이 같이 놀자며
요리 날고 조리 날며
팔랑팔랑 춤을 추었어요.

아기가 신이 나서
아장아장 뒤뚱뒤뚱 따라가며
짝짜꿍짝짜꿍 손뼉을 치니,
엄마도 덩달아 신이 났어요.

나비를 쫓아다니느라
발그레 상기된 아기 얼굴이
봄꽃처럼 곱고 예뻤어요.

* 2020. 12 시전문지 『시인마을』 통권 제7호

눈웃음 - 아기잠

우리 아기 방긋방긋 웃음 웃어요,
새근새근 미리내 꿈나라에서.

천사처럼 곤히 잠든 아기 볼에선
보조개가 오목오목 옹아리 해요.

꿈나라 별님 나라 재미있다고,
새근새근 보조개가 눈웃음쳐요.

* 2008 『파랑새창작동요』 제18집. 이수인 작곡 발표(세광음악
 출판사). 김성수 작곡, 메조소프라노 최혜영 노래 성인가곡
 도 있음.

꿈을 그려요

우리는 날마다 꿈을 그려요.
아빠의 높은 꿈 하늘 그리고,
엄마의 넓은 꿈 바다 그리면,
높푸른 하늘과 늘 푸른 바다는
우리의 희망 푸른 꿈이 되어요.

우리는 날마다 꿈을 그려요.
우리를 사랑으로 키워주시는
고맙고 따스한 부모님 은혜,
가슴속 깊숙이 감사하면서
새빨간 카네이션 꿈을 그려요.

우리는 날마다 꿈을 그려요.
드넓고 높푸른 아빠 엄마 꿈,
하늘을 훨훨 나는 우리의 꿈,
파랗게 빨갛게 모두 그리면,
영롱한 무지갯빛 꿈이 피어요.

* 2021년 '서울중등작곡가회' 최은아 작곡 동요로 발표됨.

구름

색동 단풍 만발한 가을날
할아버지와 공원엘 갔었다.

할아버지의 옛날애기에 취해
한참을 거닐다 잠시 쉴 겸
호숫가 의자에 나란히 앉아
문득 호수를 내려다보니,
물 위에 하얀 구름 한 송이
하늘하늘 일렁이고 있었다.

내가 살며시 일어나
할아버지의 등 뒤에서
흰머리를 감쌌더니,
호수에는 흰 구름 대신
미소 띤 내 얼굴이 떴다.

할아버지는
내 손을 어루만지시며
빙그레 웃으셨다.

구름을 탄다

지난 어느 겨울날
나는 구름을 탔다.

할아버지 할머니 모시고,
고모네 가족과 우리 식구
모두가 구름을 탔다.
내가 태어나 처음이다.

비행기를 타기 전에는
하늘이 하나이었는데,
비행기가 하늘에 오르자
하늘이 두 개가 되었다.

비행기 위의 하늘은
푸르기만 한데
비행기 아래 하늘에는
목화송이 같은 구름이 떠 있어,
나는 포근한 구름을 탄
손오공이 된 듯,
무지무지 기분이 좋아서

“와! 신난다! 신난다!”
손뼉을 쳤다.

그때
얼마나 신이 났었는지,
나는 지금도 가끔 구름을 탄다,
꿈속에서.

콩나물 꿈

나는 가끔씩 콩나물 꿈을 꿉니다.
내가 콩나물이 되는 꿈이어요.
할머니께서 늘 나를 볼 때마다,
"콩나물처럼 무럭무럭 건강하게 자라라."
하시며, 맛있는 거 많이많이 챙겨주셔요.

그래서 할머니가 보고 싶을 때
아빠 엄마를 졸라 할머니 집에 가면,
할머니는 늘 해님처럼 환한 웃음으로
나를 반겨 끌어안으시고, 온몸을
토닥토닥 쓰다듬으시며 말씀하셔요.
"아이고! 우리 강아지 왔구나,
그동안 많이 컸네, 콩나물처럼!"
그때마다 나는 눈물이 나려고 해요.

우리와 따로 사시는 할머니,
늘 나를 꿈에서 키워주시는 할머니!
나는 할머니가 보고 싶을 때마다
콩나물 꿈을 꾸어요.

오늘도 일찍 꿈나라에 가서
콩나물 꿈을 꾸고 싶어요.

"할머니 사랑해요!"

첫나들이

어느 따스한 봄날
아장아장 아기오리들이
첫 가족 나들이를
시냇가로 갔어요.

아빠 엄마 오리는
물에 들어가기 전에
귀염둥이 아기들에게
안전사고 예방을 위해
몇 가지 주의를 주었어요.

아빠 오리는 "꽤～액　　"
엄마 오리는 "꽤～액 꽥"

물에 들어간 아기오리들은
아빠 엄마의 뒤를 따르며
아빠 따라 "꽤～꽤～"
엄마 따라 "꽤～꽤～～"
즐겁게 물놀이를 했어요.

집에 돌아온 아기오리들은
첫 나들이라 피곤했는지
일찍 잠자리에 들더니,
가끔씩 옹알이하듯
"꽤애～꽤～, 꽤애～꽤～"
잠꼬대를 했어요.

꿈속에서도
물놀이를 하나 봐요.

봄나들이

엄마의 손을 잡고
봄나들이를 나온 아기가
졸~졸~졸~ 시냇가에서
개구리를 만났습니다.

아기가 신기한 듯
포도알 같은 눈으로
가까이 다가가니,
개구리는 낯선 듯
폴짝폴짝 달아납니다.

아기는 신비한 듯
뒤뚱뒤뚱 따라가고
엄마는 아기에게
응원의 박수를 보냅니다.

그러자, 개구리가
갑자기 물속으로
'퐁당' 들어가 버립니다.
박수 소리에 놀랐나 봅니다.

따라가던 아기와 엄마는
개구리를 찾으려고 한동안
물속을 들여다보았지만,
개구리는
"날 찾아봐라!"
숨바꼭질합니다.

아기는 서운한 듯
엄마 얼굴을 바라보고,
엄마는 아기 볼에
뽀뽀로 미안해합니다.

모두가 아쉬운가 봅니다.

봄맞이

어느 따스한 봄날이었다.
친구들과 공원에 놀러 갔더니,
여기저기에서 예쁜 꽃들이
울긋불긋 손짓하며 소곤거렸다.
살며시 다가가 엿들어 보니,
온갖 벌과 나비들 놀러 오라고
부르는 봄맞이 노래였다.

나는 꽃들에게 물어봤다.
"꽃들아! 우리도 함께 놀 수 있니?"
꽃들이 대답했다.
"그럼, 되고말고!
다음엔 엄마 아빠도 함께 와."

나는 무지무지 기뻐서 다음날
엄마 아빠에게 말씀드렸다.
"엄마 아빠! 우리 봄맞이 가요."
엄마 아빠는 봄꽃처럼 웃으시면서
"그래! 우리 함께 손잡고 가자."

와~와! 봄은 정말 좋은 계절이다.
우리 가족 손잡게 해주니까.

* 2022. 한국가곡작사가협회 『시는 노래가 되어』 제30집

꿈동산에선

높고 낮은 산에선
크고 작은 나무들이
하늘을 향해
우쭐우쭐 자라고,

넓고 푸른 들녘에선
올망졸망 풀꽃들이
흥에 겨운 벌 나비들
춤사위에 맞춰
생글생글 방글방글
고운 향기
웃음꽃 피우고,

꿈동산 배움터에선
초롱초롱 꿈돌이들이
조잘조잘 재잘재잘
무지갯빛 영롱한 꿈을
샛별처럼 반짝반짝
하늘 높이 띄운다.

* 2022. 9월. 월간 『사학연금』

다짐

오늘은 체험학습하러
수영장에 갔었다.

수영이 처음인 나는
선생님 말씀에 따라
물에 들어갔는데
계속 겁이 나고 무서웠다.

그런데, 친구 몇 명은
오리처럼 수영을 잘했다.

무척 부러웠다.
나는 다짐을 했다.
'빨리 수영을 배워
다음 체험학습 때는
나도 오리가 되어
친구들과 즐겨야지!'

숨바꼭질·1

해님과 달님 별님은
맨날~맨날 방학도 없이
하늘에서 숨바꼭질한다.

해님이 술래하면
달님과 별님이 숨고,
달님과 별님이 술래하면
해님이 숨는다.

그런데, 달님과 별님은
숨을 때도 같이 숨고
찾기도 함께 하는데,
해님은 맨날 혼자 찾고
혼자 숨는다.

해님은 무섭지도
외롭지도 않은가 보다.

해님 친구가 되고 싶다.

* 2020. 12 시전문지 『시인마을』 통권제 7호

소망所望·1

나는 '참' 글자를 좋아한다.
'참'은 '진짜'를 뜻하니까.

우리가 하는 말에 '참말'이 있듯이,
깨에도 '참깨', 기름에도 '참기름'
나무에도 '참나무', '참죽나무'…
나물에도 '참나물', '참죽나물'
꽃에도 '참꽃', '참나리꽃'
물고기에도 '참돔', '참조기'…
새에도 '참새'가 있는 것처럼,
'참 열매', '참개구리', '참게', '참쑥',
'참뜻', '참마음', '참되다', '참하다'… 등,
'참'자 붙은 것들이 엄청 많다.

얼마나 '가짜'가 많으면
이름 앞에 '참' 글자를 붙였을까?

우리가 사는 세상도
'참세상'이 되었으면 좋겠다.

3

참 궁금해요

참 궁금해요

우리 가족은
할아버지 할머니 댁 근처에서
아빠와 엄마, 그리고
귀염둥이 동생과 나,
네 식구가 재미있게 살아요.

그런데 어느 날
참 이상한 일이 있었어요.
엄마가 사준 그림책을 함께 보다가
꽃에 앉은 나비 그림이 나와서
"와! 나비다, 나비야!" 하며
모두가 환호성을 쳤는데,

다음 쪽에서 원숭이가 나오니까
갑자기 할아버지 할머니는
"와! 잔나비다 잔나비!" 하시고,
아빠 엄마와 우리 형제는
"와! 원숭이다, 원숭이!"하고 외쳤어요.

또 다음 쪽에선 고양이가 나와서
엄마 아빠와 우리들은
"와! 고양이다, 고양이!"라고 외치는데,
할아버지 할머니는 또
"나비다, 나비야!" 하시는 거예요.

나는 참 이상해서 여쭤봤어요.
"할아버지 할머니, 왜 원숭이와 고양이를
우리와 다르게 말해요?" 그랬더니,
할아버지 할머니가 말씀 하셨어요.
원숭이와 고양이의 다른 이름이라고.

나는 그 이유가 참 궁금해요.

강아지

"엄마!"
"응~, 왜?"
"할머니는 왜 나만 보면
'우리 강아지, 우리 강아지'
그렇게 불러요?"
"응~, 그건 네가 강아지를
좋아하는 것과 같은 거야.
너, 강아지 왜 좋아해?"
"귀엽고 예쁘니까."
"그렇지? 할머니도
네가 귀엽고 예쁘고
사랑스러워서 그러시는 거야."
"그래요? 그럼 내가 미워서
그러시는 게 아니네요?".
"아무렴, 그렇고말고."
"아 그렇구나! 그럼, 이제부터
할머니가
'우리 강아지, 우리 강아지!'
하실 때마다
'할머니, 고맙습니다.' 해야지!"

사랑이 뭐예요?

"엄마, '사랑'이 뭐예요?"
"음~그건,
엄마가 너를 엄청 좋아하지?"
"예!"
"그런 게 사랑이야!"
"그럼 내가 엄마를
무지무지 좋아하는데,
그것도 사랑이에요?"
"아무렴, 사랑이고말고!"
"그렇구나! 그럼 맨~날 맨날
내가 엄마를 사랑할게요!"
"고마워! 엄마도 너를
하늘만큼 땅만큼 사랑할게,
착하고 건강하게 자라다오!"
"예, 엄마! 고맙습니다.
그리고 사랑해요!"

* 2021.『신문예』5/6월호.통권제 107호

신기한 엄마

우리 엄마는 참 신기하다.

내가 엄마에게 무얼 물어보면,
"모르겠는데…"
"왜 물어?." 하시면서,
아직 0살이라 말을 못하는
내 동생이 떼를 쓰고 울면
"알았어요, 알았어!" 하시며,
젖이나 분유를 먹여주신다.
그러면 떼를 쓰던 동생이
바로 울음을 '똑' 그친다.

우리 엄마 정말 신기하다.
때때로 떼를 쓰며 우는
동생의 마음 어떻게 아실까?

* 2020. 12 시전문지 『시인마을』 통권제 7호

동생과 엄마

엄마의 젖을 먹다가
잠이 들었던
귀염둥이 동생이
갑자기 눈을 뜨고
두리번대더니,
'으~엄마~으엄~마~'
자지러지게 운다.

깜짝 놀라 달려온
엄마가 '까꿍' 하니,
동생은 방글방글
팔다리로 춤을 춘다.

엄마 얼굴엔
함박꽃이 핀다.

* 2022. 한국가곡작사가협회 『시는 노래가 되어』 제30집

색깔

거짓말 중
'진짜 거짓말'은
무슨 색일까?

노랑, 파랑, 까망…
아님, 무지개색?

메~롱,
모두 거짓말이야.
'진짜 거짓말'은
새빨개!

마술쟁이, 요술쟁이

라디오는 신비한 마술쟁이예요.
조그만 상자 속에서
날마다 날마다 새 소식을 전하며
재미있는 옛날얘기 들려주지요.
라디오는 마술쟁이, 요술쟁이예요.

텔레비전은 신비한 마술쟁이예요.
조그만 상자 속은 난쟁이 왕국이어요.
매일매일 난쟁이들 모여
신나는 춤과 노래 보여주지요.
텔레비전은 마술쟁이, 요술쟁이예요.

마술쟁이

풀과 나무는
마술쟁이다.

초록 옷을 입었을 땐,
알록달록
향기로운
꽃을 피우고,

울긋불긋
색동옷을 입으면,
새콤달콤
맛 좋은
열매를 맺는다.

진짜 거짓말은?

세상의
하고많은
거짓말 중
진짜 거짓말은?,

새빨간 거짓말.

* 남윤원 시인의 민조시 '거짓말'에서 힌트를 얻어 지음

요술쟁이

땅에서는 하나인 하늘이
비행기를 타면 두 개가 된다.

하나는 비행기 위에 있고
또 하나는 구름 밑에 있다.

비행기는 요술쟁이다.

비행기는 어떻게 날까?

비행기는 어떻게 하늘을 나는지 참 궁금하다.

지난 겨울방학 때이었다.
외국에 사시는 고모님 댁에 갈 때,
그리고 다시 한국에 올 때
내가 비행기 날개를 자세히 살펴봤는데,
비행기는 전혀 날개를 펄럭이지 않았다.

새들은 날개를 펄럭이며 공중을 나는데,
날갯짓도 하지 않는 큰 비행기가 어떻게
저 높은 하늘을 나는지 진짜진짜 궁금하다.

나는 자라서 비행기 박사가 되어
그 비밀을 알아내고 싶다.

샘

현장학습에 갔다가
샘을 처음 보았다.

송글송글 몽글몽글
솟는 샘물이 신기했다.

선생님은 말씀하셨다.
"이 물은 흐르고 흘러 강물이 되고,
강물은 모이고 모여 바다를 이룬다."

나는 선생님 말씀을 듣다가,
'너는 참 샘이 많구나!'
언젠가 엄마가 하셨던 말씀을
문득 떠올리며
잠시 생각에 잠겼었다.

'나의 샘은 장차 무엇을 이룰까?'

누굴 닮았을까?

엄마와 아빠는
서로 언짢은 일이 있을 때마다
분위기에 눌려있는 나를 들먹이신다.
"쟤는 누굴 닮아 저래? 저 꼴 좀 봐."

그때마다 나에게도 의문이 생긴다.
내가 누굴 닮기는 닮은 모양인데,
엄마와 아빠는 누굴 닮아
자신들의 화풀이를 나에게 하실까?

할아버지, 할머니께 여쭤보고 싶어도
두 분 모두 계시지 않으니
전혀 알 방법이 없다.

답답하기가 엄마 아빠와 마찬가지다.

숨바꼭질·2

봄 햇살이 공원 가득
엄마 품속입니다.

온갖 초목들은
꽃 잔치를 베풀고,
벌 나비들은 모두
숨바꼭질합니다.
노랑나비 흰나비는
제 몸 색깔 찾아
개나리, 목련, 벚꽃
민들레꽃에 숨는데,
호랑나비는
진달래꽃에 숨네요.

모두가 조용조용
꽃잎 속에
머리를 조아리는데,

벌들은 술래인지
순라군 딱딱이 치듯,
'윙윙' 소리를 내며
이 꽃 저 꽃으로
바삐 날아다닙니다.

다음 술래는
누굴까 궁금합니다.

창피하고 슬프다

우리 집 앞에 까치집이 있다.

수많은 나무들 중, 가장
키 큰 나무 우듬지에 있어
바람이 불면 늘 불안하다.

어젯밤에는 태풍이 불어
잠을 잘 이루지 못했다.
혹시나 해서 일찍 일어나
거실에 나와 살펴보니
다행히 이상이 없다.

TV를 켜 보았다.
곳곳에서 물난리와
산사태로 집이 무너지고
많은 사람이 희생되었다고
야단법석, 속보를 전한다.

까치집은 멀쩡한데,
사람의 집은 왜 저럴까?
집 짓는 기술이
까치보다 못한가 보다.

왠지 창피하고 슬프다.

남산에 오르면

늘 푸른 소나무 숲길을 따라
굽이굽이 돌아서 남산에 오르면,
새들의 정겨운 노랫소리에
발걸음도 가벼운 상쾌한 기분
주고받는 눈길마다 해맑은 미소.

솔바람 다람쥐 길동무 삼아
굽이굽이 돌아서 남산에 오르면,
뒤로는 삼각산 손짓을 하고
눈 아래 반짝이는 강물 위에는
유람선이 한가로이 산책을 하네.

* 김정양 작곡, 최인애 노래. 1995. 9. 2 신작가곡발표회(유림
아트홀)
권오철 작곡(동요), 문소윤 어린이 노래(1999.1). 김미수 작
곡집(1999.1)

4

봄과 나비와 나

별·1

고요한 밤에는
하늘에 별들이
옛날얘기
소곤소곤
아기들의 꿈
자장가 되고,

하늘에 별들이
잠자는 낮에는
아기별 눈동자가
초롱초롱
반짝반짝
꿈을 키운다.

* 2022.한국가곡작사가협회『시는 노래가 되어』제30집

별·2

별은 나의 꿈이다.

요란스레 나대지 않고
고요한 호숫가에 반딧불처럼
티 없이 해맑은 꿈을
반짝반짝 수놓는 별,

어둠이 짙어질수록
더욱 초롱초롱 빛을 내는,
영롱한 밤하늘에 별은
도란도란 나의 꿈 키워주는
흰빛 박꽃 같은
해맑은 수호천사다.

별이 사라진 도심 하늘에
별을 띄우고 싶다.

별·3

어느 날, 우리 가족 네 식구가
동계올림픽이 열렸던
강원도 평창으로 나들이를 갔었다.

숙소에 짐을 풀고
저녁 식사 후 산책을 하다가
문득 하늘을 보니,
지금까지 집에서는 볼 수 없었던
수많은 별들이
은구슬을 뿌린 듯 반짝이고 있었다.

내가 "와, 별이다!"하고 외치니,
동생과 아빠 엄마도 동시에
"와! 별이다! 아! 정말 아름답다!"
함께 탄성을 질렀다.

나는 잠시 생각에 잠겼었다.
'저렇게 아름다운 별들을
왜 우리 동네에선 볼 수 없을까?'

갑자기 마음이 서글펐다.

봄과 나비와 나

나비는 나의 친구다.
하늘나라에서 날아온 천사다.

해마다 봄이 되면 창가에 날아와
추워서 방에만 있는 나에게
포르르 포르르 봄소식을 전한다.

때마다 엄마가 말씀하신다.
"날씨 따듯해졌으니 나가 놀아라."

내가 신이 나서 밖에 나가면,
노랑나비 흰나비, 온갖 나비들이
자기를 따라오라고 서로 시샘하듯,
팔랑팔랑 내 앞에서 춤을 추며
"이리 와, 이 꽃은 향기가 엄청 좋아!"
"저 꽃 좀 봐, 무척 예쁘고 곱지?"
요리조리 안내하느라 바쁘다.

함께 봄맞이 꽃구경을 다니다 보면
나도 어느덧 나비가 된다.

해마다 봄소식을 전해주는 나비,
그들은 다정한 나의 봄 친구다.

눈 꽈리*

눈이 내리는 날이면
늘 몽글몽글 피어나는
무지갯빛 꿈이 하늘을 난다.

친구들과 눈사람 만들기,
"뽀드득 빠드득"
발로 눈 꽈리를 불며
눈싸움 놀이에 하루가 짧다.

아침에 일어나보니,
밤새 많은 눈이 내려
온 누리가 하얗다.

오늘은 친구들과
무슨 놀이를 할까?
눈밭을 뛰어다니며
눈 꽈리를 불면
무슨 소리가 날까?
'빠드득? 뽀드득? 뿌드득?'

눈을 밟을 때마다
들려주는 눈 꽈리소리,
상상만 해도 즐겁다.

* 눈 꽈리 : 눈을 밟을 때 나는 소리를 필자가 지은 새말(新造語).

자명종 自鳴鐘

고즈넉한 두멧골에
해님이 찾아오면
자명종이 노래한다,
"꼬끼오, 꼬끼오…!"

새날이 밝았으니
어서 일어나라고
날갯짓 덩실덩실,
"꼬끼오, 꼬꼬댁…!"

시계

우리 집에는 시계가 엄청 많다.

이른 아침엔 해님이 놀러 와
잠꾸러기 나를 일어나라고,
신나게 '뺨빠라바 뺨빠라바~'
베란다에서 나팔을 불어 준다.
빨강 나팔 자주 나팔 하얀 나팔을.

해님이 잠자러 갈 때는
노랑 분홍 분꽃들이 나팔을 분다.
엄마가 맛있는 저녁밥 차려놨다고,
부지런히 손발 씻고
밥 먹을 준비하라고.

나는 매일매일
분꽃 시계와 나팔꽃 시계에 맞춰
잠자고 일어나는 귀염둥이다.

친구

아카시아 잎은 참으로 정다워요.
언제나 손에 손을 잡고 함께 놀아요.
우리도 정다운 아카시아 잎이에요.
해님이 깨워주고 재울 때까지,
친구들과 손을 잡고 정답게 놀지요.

아카시아 잎은 언제나 다정해요.
바람이 산들 불면 함께 춤을 추어요.
우리도 다정한 아카시아 잎이에요.
해님이 깨워주고 재울 때까지,
친구들과 춤을 추며 다정히 놀지요.

* 2021년 한국가곡작사가협회『시는 노래가 되어』제29집.

포도송이

오순도순 정다운 포도송이는
반짝반짝 하늘나라 아기별처럼
요리 동글 조리 둥글 눈웃음치는
초롱초롱 내 동생 눈초롱입니다.

동글둥글 동그란 포도송이는
두 귀 쫑긋 아기토끼 눈망울처럼
요리 동글 조리 둥글 눈웃음치는
도리도리 내 동생 눈초롱입니다.

* 2021년 한국가곡작사가협회『시는 노래가 되어』제29집

5

수영선수

수영선수

오리야, 오리야!
너 수영선수지?

응, 나 수영선수야!
그걸 어떻게 알았어?

네가 맨 날 맨날 물에서
수영하는 걸 보고 알았지.

그런데 오리야!
넌 수영선수인데도
'오리'밖에 못 가지?

응, 네 말이 맞아!
그런데 그건 또
어떻게 알았어?

응, 그거야 쉽지!
네 이름이 '오리'잖아.

응, 그랬구나!
아무튼,
알아줘서 고마워.

오리·1

오리야! 넌 발이 시리지도 않니?
겨울에도 맨발로 수영을 하게.
나는 맨날 따뜻한 발목 신발에,
미안하지만 네 옷으로 만든
털옷을 입었는데도 추운데.

오리야, 정말 네가 부럽구나!
그래서 너에게 꼭 부탁하는데,
감기 들지 말고 건강해야 돼.
그래야 나도 수영을 배워서
너처럼 건강한 어린이가 되지,
알았지, 오리야!

오리·2

오리야
너는 참 좋겠다.
봄 여름 가을 겨울
가리지 않고
물놀이하니까.

그런데, 오리야
여름엔 시원하겠지만,
겨울에는 춥지 않니?
네 발이 새빨간데.

오리야, 아무리
물놀이가 좋아도
겨울에는 감기 조심해,
알았지!

개미 – 어느 날의 일기

어느 여름날 공원에서 있었던 일이다.

동생과 함께 나무 그늘 밑 의자에 앉아
과자를 먹으며 쉬고 있는데
언제 나타났는지 개미 몇 마리가
우리들이 먹다 흘린,
자기들보다 큰 과자부스러기를
의자 밑으로 끌어가고 있었다.

하도 궁금해서 의자 밑을 살펴보니
그곳엔 소복이 쌓인 흙더미가 있었다.
개미는 먹이를 그 속으로 끌고 들어가더니.
잠시 후 더 많은 친구들을 데리고 나와
여기저기 흩어진 먹이를
새까만 실처럼 줄을 지어 물어 가는데,
먹이가 큰 것은 두 마리가 함께
"영차~영차" 끌어갔다.

그 모습이 하도 신기하고 재미있어서
동생과 나는 먹던 과자를 잘게 부숴
흙더미 주변에 뿌려주며
시간 가는 줄 모르고 재잘재잘 관찰하다가
해가 뉘엿뉘엿 질 무렵에서야
토끼처럼 깡충대며 집으로 돌아왔다.

오늘은 엄청 즐겁고 흥미 있는 날이었다.

개미야 부럽다

개미야, 부지런한 개미들아!
너희들은 힘들지도 않니?
내 머리카락보다 가는 다리로
하루도 쉬지 않고
매일매일 일하러 다니게.

개미야, 귀여운 개미들아!
너희들은 천하장사로구나,
실낱같이 가는 허리로
너희보다 엄청 큰 짐도
거뜬히 나르는 걸 보면.

개미야! 그래서 나는
부지런하고 튼튼한 천하장사
너희들이 정말정말 부럽단다.

왜냐구? 나는 말이야,
일 년에 두 번씩 방학도 있고
공휴일이나 주말마다 쉬며,
너희보다 튼튼한 허리에

나보다 엄청 작은 가방을 메고
너희보다 튼튼한 다리로
학교에 다니는데도
매일매일 힘들고 피곤하거든.

참새야

참새야, 앙증맞은 참새야!
온갖 새들 중에서
네가 진짜 새로구나.
네 이름에
'참' 자가 붙은 걸 보면.

참새야, 꼬마둥이 참새야!
너는 명가수인가보다.
풀밭에서 놀 때나,
나뭇가지에서 쉴 때도
늘 노래하는 걸 보면.

참새야, 귀염둥이 참새야!
나도 너처럼 살고 싶어.
친구들과 함께 어울려
정답게 노래하며.

참새

참새는 참 좋겠다.

종종, 종,종,종… 산책하며
얌,얌,얌… 먹이 쪼다가
배가 부르면 친구들과
포롱~ 포롱~ 하늘 높이
소풍도 즐기고
밤이면 숲속에서
포근한 달님 이불 덮고
별님과 함께 꿈을 꾸니까.

매미의 소망

우리는요, 울보가 아니에요.
이래보아도 6~7년 동안
땅속에서 남모르게
갈고닦은 성악가들입니다.

여름날 우리가 내는 소리는
울음이 아니고
무더위 짜증 달래시라고
맑고 곱게 불러드리는
시원한 사랑의 노래랍니다.

늘 우리들의 합창
즐거운 마음으로 들으시며
박수 많이 주시고
귀엽게 봐주시면 고맙겠습니다.

부탁드려요!

매미와 귀뚜라미

매미들아! 며칠 동안이지만
무더운 여름 온갖 열매들
튼실히 키우느라 고생 많았어.
사람들은 너희들의
즐겁고 힘찬 노래를
시끄럽다고 싫어했지만
우리는 너희 뜻 다 알고 있어.

귀뚜라미들아, 고마워!
우리 뜻 알아주는 건 너희뿐이야.
귀뚜라미들아, 잘 부탁할게.
그동안 우리 노래 듣고 자란
온갖 열매들 맛있게 영글도록
우리 대신 너희들이
시원한 노래 불러줘, 알았지!

알았어, 매미들아, 안녕!
안녕! 귀뚜라미들아,
우리 내년에 다시 만나자!

소망 所望

아가 아가, 우리 아가
산을 보며 자라다오.
비바람이 험악해도
솔뫼처럼 살아다오.

아가 아가, 우리 아가
바다처럼 자라다오.
넓고 깊은 바다처럼
원대하게 살아다오.

아가 아가, 우리 아가
하늘 보며 자라다오.
높고 푸른 꿈을 안고
하늘처럼 살아다오.

* 김정양 작곡의 동요가 있음. (1998.8.『김정양 작곡집』)

“사랑하는 우리 손주들아! 모두 건강하고 착하게 자라서, 장차 서로 우애 나누며 자신의 꿈 마음껏 펼치는, 보람찬 삶이 되길 소망한다. “반짝반짝, 우리 보석들, 모두 모두 화이팅!”

2024. 4
할아버지가 손주들에게

할아버지 감사합니다